Verlag Michaela Naumann

Das Saarländische Schimpfwörterbuch

Alles *deiwelische* Wörter

von Jörg Schönlaub

Verlag Michaela Naumann

Gesamtherstellung: Buchdruckerei Loibl, Neuburg/Do.

Die Abbildungen stammen von dem Comic- und Cartoonzeichner Lars Contzen

Die Deutsche Bibliothek — CIP-Einheitsaufnahme

Schönlaub, Jörg:
Das Saarländische Schimpfwörterbuch: Alles deiwelische Wörter / von Jörg Schönlaub.
Nidderau : Naumann, 1992
ISBN 3-924490-40-6

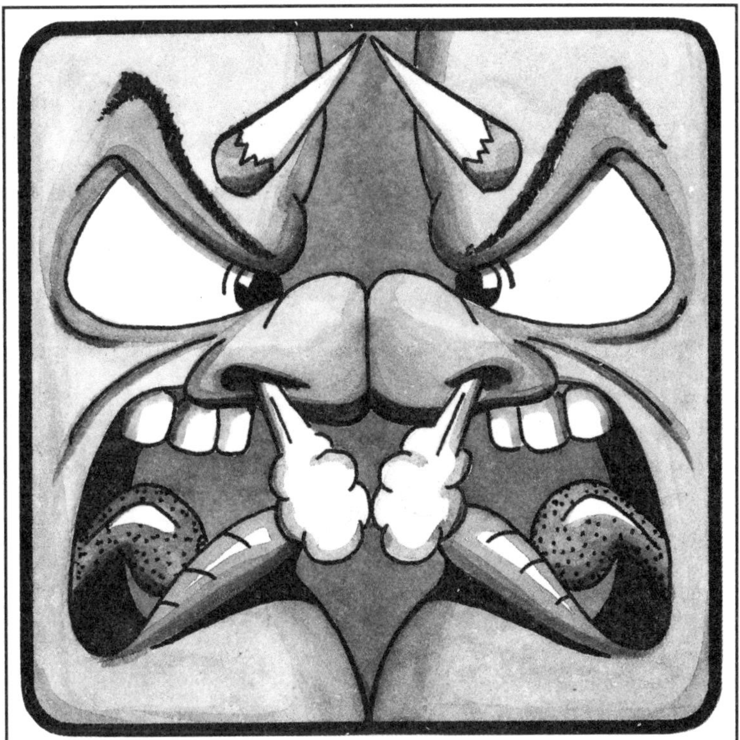

Blotzkopp – Kräbbert

Vorwort

Nie und nimmer wollte ich ein solch triviales Buch schreiben. Nein, mein Buch sollte etwas Besonderes werden, und nur eine knallharte Erpressung trieb mich zu dieser Untat.

Folgender Sachverhalt: Da komme ich gerade von einem längeren USA-Aufenthalt zurück, habe in Hollywood Greg Widen kennengelernt, den Drehbuchautor unter anderem von ›Highlander I‹ und ›Backdraft‹, feiere mit ihm die Filmpremiere seines spektakulären Infernos, werde inspiriert, nun endlich meinen schon seit langem in der Schublade reifenden Kassenknüller zu schreiben, da ruft mich mein Freund Bernd aus Augsburg an.

»He, Junge, die brauchen einen Saarländer für die Ergänzung ihrer Schimpfwörterbuchreihe!« – Ich: »Na und, ich hab' Besseres zu tun, soll schreiben, wer will, so was Ordinäres ist nicht mein Fall.«

Und nun kommt es: Bernd, mit Leib und Seele Halbsaarländer, jede Gelegenheit nutzend, Besuche dienstlich, privat, feier-, faschings- und kneipenmäßig im Saarland durchzuführen, setzt den Hebel an der richtigen Stelle an. »Okay, dann legt der Verlag das Pfälzer und das Saarländische Schimpfwörterbuch zusammen, die Zeit ist nämlich knapp.«

Was hörte ich da, zusammenlegen, mit Pfälzer, wobei *Pälzer* im Saarland allein schon ein Schimpfwort ist. Nein, das kann nicht sein. Diesen Plan hätte ich sogar als Analphabet zu vereiteln gewußt. Nicht nur, daß sie die ganze Zeit beabsichtigen, uns politisch und im Bankwesen irgendwo zusammenzulegen, nein, jetzt wollen sie uns sogar die Schimpfwörter wegnehmen. Dabei stammen eine Vielzahl von diesen Wörtern aus einer Zeit, in der der französische Einfluß sehr groß war. Einer Zeit, in der sie geradezu geil waren, das Saarland endlich wieder an

Deutschland anzugliedern, weil wir durch unseren Bergbau und unsere Stahlindustrie ein finanziell fetter Brocken waren.

Jetzt, in einer Krise, in der die Zuschüsse einmal umgekehrt fließen sollen, wollen sie uns einfach wegrationalisieren. Das fangen wir erst gar nicht an, noch nicht einmal bei den Schimpfwörtern. Dieses Gedankengut kann nur aus dem schwarzen Freistaat Bayern stammen, der sich wohl an seine traditionelle Gebundenheit zur Pfalz erinnert.

Wie Sie sehen, eine glatte Erpressung.

Jetzt stand ich da mit meinem Jawort wie der Bräutigam vor dem Altar, der sich die falsche Frau ausgesucht hat. So trivial war nun die Aufgabe nicht mehr. Schlechte Wörter kannte ich zwar zur Genüge aus meiner fünfjährigen Tätigkeit als Vollstreckungsbeamter im öffentlich-rechtlichen Bereich, auch *Kuckuckskleber* oder *Hissje* genannt.

Die Schwierigkeit bestand darin, die Herkunft, die Ableitungen und den ursprünglichen Sinn zu erforschen. Aber tapfer, mit meiner saarländischen Ehrenpflicht im Hinterkopf, wühlte ich mich unter ständigem Fluchen von Wort zu Wort.

Auffallen wird, wie bereits oben erwähnt, daß eine Reihe von Wörtern aus dem Französischen abstammen. Eine Besonderheit ist auch die quer durch das Saarland verlaufende Sprachgrenze. Da ich in Völklingen, also südlich dieser Dialektgrenze aufgewachsen bin, möge man es mir verzeihen, wenn ich es nicht jedem Saarländer recht machen konnte. Auch erhebt das Werk keinen Anspruch auf Vollständigkeit. Aber mit 600 Wörtern läßt es sich schon recht gut schimpfen.

Unverkennbar ist das ›sch‹ im Saarland. Wir sind fast unfähig, ein ›ch‹ oder ›ig‹ auszusprechen. Das ist aber noch lange kein Grund, mich in Württemberg mit einem Sachsen zu verwechseln, was mir kürzlich in diesem vom

Wohlstand verwöhnten Land passierte. Dazu fällt mir die Aussage eines ausländischen Mitbürgers ein, der meinte, er wäre lieber im Saarland arbeitslos und ohne Arbeitslosengeld als in Württemberg in Arbeit. Darauf können wir doch recht stolz sein; wir sind zwar nicht so reich, aber vielleicht ein Stück menschlicher. Das heißt aber nicht, daß wir ohne Schimpfwörter auskommen.

So, wir werden es jetzt den Pfälzern einmal recht machen. Die wehren sich doch immer mit ihrem Standardsatz, wenn sie gegen die Argumente eines Saarländers nicht mehr ankommen:

»Die Pfälzer gehören in die Pfalz und die Saarländer in die Saar!«

Sie haben vergessen, daß wir schwimmen gelernt haben, und wir werden uns freischwimmen. Die Zukunft gehört uns, dem Saarland, dem besten Standort, dem Herz der Europäischen Gemeinschaft. Und dieses Buch möge ein Beitrag zur Festigung unserer Autonomie sein.

Euer Patriot
Jörg Schönlaub

P. S.: Noch ein Tip zum Schluß: Nehmen Sie um Gottes willen alles wörtlich. Es ist ganz genauso gemeint, auch die Machosprüche — oder, Daniela, stimmt es etwa nicht!? Ach, übrigens vielen Dank für Deine Unterstützung als Lektor.

Abeebudzer

A

Aaschgei, muß nicht unbedingt Geige spielen können, um so bezeichnet zu werden.

Aaschkratzer, einer, der einem auf die Nerven fällt. Er wird dann so unangenehm wie die Hagebutte (saarl.: *Aaschkratzer*), deren Samen bekanntlich einen wirklich quälenden Juckreiz auf der Haut verursacht.

Aaschkrott, giftiges, wildes, kleines weibliches Wesen, das kaum zu bändigen ist.

Aaschmatz, leichtgängiges, variabel bei jeder Kleinigkeit einsetzbares Schimpfwort, bei dem der Adressat im Saarland nicht gleich an die Decke gehen muß.

Aasch mit Ohre, bildlich sehr schön vorstellbar: Der ganze Kerl ist ein Arsch.

Äbbeldänzischer, versuchen Sie mal, auf Äpfeln zu tanzen, das sieht dann so aus, wie eine zapplige und nervöse Person auf einen wirkt.

Äbbelgreet, eine einfältige Magd.

Äbbler, hat nichts anderes im Sinn, als Leute an der Nase herumzuführen, zu veralbern. Die so bezeichnete Person hat es danach schwer, glaubhaft zu wirken. Bei einem Hilferuf im Wasser würde ihm keiner, der ihn kennt, zu Hilfe eilen.

Abeebudzer, hat nur soviel im Gehirn, daß er zu nichts anderem taugt, als Toiletten zu putzen. *Abee* hat seine Herkunft von Abort (= abgelegener Ort).

Abstaawer, fällt nicht durch fleißiges Staubwischen auf, hat auch nicht den Torriecher unseres Gerd Müller, sondern schmarotzt wie ein Kuckuck.

Affezibbel, eitler Narr, dem man nachsagt, daß er auch arrogant ist; sein affisches, affektiertes Verhalten fällt direkt auf.

Affischer, spielt gern den Clown.

Aff offem Schläfstän, eine tragisch-komische Figur gibt man ab, wenn man auf einem Schleifstein, der sich dreht, sitzen müßte.

Aldi, mei gleich nach den Flitterwochen, wenn sich die Gewohnheit breit macht, wird die ehemalig Angehimmelte im Kollegenkreis schon als ›meine Alte‹ bezeichnet.

Ämez, der Bezeichnete ist zwar nicht so fleißig wie eine Ameise, aber so unangenehm wie eine Horde von Ameisen in der Küche.

Anaschda, *der is anaschda als mir,* paßt nicht zu uns. Einer wird zum Außenseiter gestempelt, weil er aus irgendeinem Grund nicht zur *Cliquenwirtschaft* gehört, sei es nur, daß er nicht saarländisch spricht und womöglich noch *aus em Reisch* (= alles, was nicht zur ehemals französisch besetzten Zone gehörte) kommt.

Angewwer, gibt grundsätzlich mehr an, als er hat bzw. ist. Kompensiert Minderwertigkeitsgefühle durch Aufschneiderei.

Atzel, wird abgeleitet von der Vogelart Elster, von der man weiß, daß sie glänzende Sachen in ihr Nest bringt. Genau das unterstellt man dieser Person, daß sie alles, was nicht niet- und nagelfest ist, mit nach Hause nimmt.

B

Babbelschniß, entgegen der allgemeinen Bedeutung von babbeln: unverständlich schwatzen oder dummes Zeug reden, versteht der Saarländer darunter mehr den Akt des Vielredens. Einen wirklich verächtlichen Nachgeschmack bekommt der Ausdruck, wenn dieses Schwatzmaul ein Geheimnis ausgeplaudert hat.

Babbler, hier trifft das Dummes-Zeug-Reden zu — der dilettantische Schwätzer wurde entlarvt.

Babblersch, weibliche Gattung des *Babblers.* Meistens werden die beiden Ausdrücke nicht direkt der betroffenen Person an den Kopf geworfen, sondern ein Dritter wird aufgeklärt: *Ääs* (= Es) *doh is e Babblersch!* (Man beachte die Feinheit, daß das schwache Geschlecht im Saarland mit der dritten Person Singular Neutrum bezeichnet wird.)

Babbsack, Individuum, das so dreckig ist, daß es wie ein klebriger Sack an der Wand hängen bleibt, wenn man es gegen die selbige wirft.

Bagaasch, franz.: bagage = Gepäck; meint im übertragenen Sinne Gesindel, auf das man — wie auf unnötigen Ballast — verzichten kann.

Bammbes, hauptsächlich durch Volumen und nicht durch Tat auffallendes männliches Geschöpf.

Banggat, niederes Gebilde, von dem man rein gar nichts erwarten kann, allein schon aus dem Grund, daß es *unehrlich* (meint unehelich) geboren wurde.

Bänschisser, ein Feigling, dessen Angst man — wörtlich genommen — an dem an den Beinen herunterlaufenden Kot erkennt.

Bärwatz, eine Kreuzung zwischen einem Bär und einem männlichen Schwein (Eber). Wie soll sich schon so einer benehmen! Manchmal bezeichnet das Wort aber auch ein laut und eindringlich weinendes Kind.

Baschdard, Bastard ist ein Hundemischling, dessen fehlende Reinrassigkeit ihn zum Nachteil gereicht. Ein uneheliches Kind ist auch hier gemeint.

Bäse, unangenehme weibliche Zeitgenossin, die die Herrschaft über den Lebenspartner gewonnen hat. Bei entsprechendem Wutausbruch fegt sie über dich hinweg wie ein Besen über den Dreck.

Bätsch, nicht nur unattraktiv, sondern auch als Hausweib nicht zu gebrauchen.

Batschelschniß, Schwätzerin ohne Ende.

Batzischer, mit ungebührlichen Anworten erregt er seine Mitmenschen.

Baupser, ewig nörgelnder und meckernder Zeitgenosse.

Baweser, Barfüßiger. Hat nichts und kann nichts und ist als zukünftiger Schwiegersohn nicht gern gesehen.

Bawutz, Verstärkung des Ferkels durch die Vorsilbe bar-; ein pures, reinrassiges Schwein sozusagen.

Bazill, lingi falscher (linker) Bazillus; will niemanden anstecken, sondern einfach nur hintergehen, sprich: linken.

Beddelsack, einer, der solange an einem herumbettelt, bis der Sack voll ist oder man ihm den gewünschten Gefallen tut.

Beeser, schlichtweg ein Böser mit all seinen Untaten.

Beidel, oft mit der Voranstellung *Dumm-*, das soviel bedeuten könnte wie ein Beutel, vollgefüllt mit Dummheit.

Beißzang, eigentlich ein nützliches Werkzeug, die aber hiermit bezeichnete Frau scheint durch ihr einengendes Wesen unangenehm aufzufallen.

Berschmannsgutzje, abgelutschtes der Bergmann untertage, ein Wahrzeichen des Saarlandes, wird wegen seiner harten Arbeit bestimmt nicht beneidet. Sein Bonbon, besonders wenn es schon halb aufgebraucht ist, vermischt mit Kohlestaub, verdeutlicht die Wertstellung der angesprochenen Person.

Berschmannskuh, Umschreibung für eine Ziege, wobei man nicht weiß, welches Wort galanter auf die angesprochene wirkt. Um die Jahrhundertwende betrieben viele Bergleute nebenher noch eine kleine Landwirtschaft. Die sogenannten Bergmannsbauern konnten sich meistens nur eine Ziege halten.

Betribbster, das Wort ist zum Teil abzuleiten von betrübt und von betripst (= betropft). Stellen Sie sich einfach einen im Regen ohne Schirm verharrenden Menschen vor. Dieser wird, wie ein begossener Pudel, einen bedauernswerten Eindruck machen.

Bibberer, zittert allzu schnell vor Angst oder vor Kälte.

Biescht, ist in keinem Fall schlimmer als ein Biest.

Blattkopp, schmalspurige Denkweise zeichnet ihn aus.

Blattmacher, der läßt einfach die Luft raus, aber nicht aus den Reifen, sondern aus den besten enthusiastischen Absichten seiner Kollegen. Ein richtiger Miesmacher mit seiner bremsenden lauen Einstellung.

Bleeder, ein blöder Depp.

Bleedhammel, daß Schafe besonders blöd sind, ist bekannt. Die männliche Gattung mit *bleed* verbunden, soll die Doofheit verstärkt herausstellen, so wie ein weißer Schimmel noch weißer sein soll.

Bleedian, Bleedkopp, Bleedmann, die Vielfältigkeit männlicher Talente ist hier schnell auf einen Nenner gebracht.

Bloosaasch, einer, der nichts als nur *Fürze* (= abgehende Bauchwinde) im Kopf hat.

Blotzkopp, ein sturer, oft aneckender Mensch, der mit dem Kopf durch die Wand will. Deswegen im übertragenen Sinne angeplotzter Kopf.

Boatzefresser, über Geschmack läßt sich wahrlich streiten. Dieser Genosse frißt seinen eigenen Popel, zumindest unterstellt man ihm diese ekelhafte Sache.

Braddler, *Braddelzeug* ist ein etwas zu flüssiger Stuhlgang, und genau das kommt bildlich gesehen aus dem Mund des Erwähnten und gibt die inhaltliche Qualität seiner Äußerung wieder.

Broatpann, Bratpfanne; siehe *Pann.*

Brummes, wenn man so dick ist wie ein Bär, dann brummt man. Hier handelt es sich allerdings um eine Bärin.

Brunzer, zu Brunftzeiten harnen (= wasserlassen mit Duftstoff) manche Tierarten in ihren Revieren. Der *Brunzer* ist in unserem Fall nicht in geschlechtlicher Erregung, sondern zu nichts anderem fähig, als an jeder Hausecke oder Tiefgaragentreppe eine Wasserstange stehenzulassen. Die Unterstellung spiegelt die geringe Wertschätzung dieser Person wider.

Brutsch, sehr schnell eingeschnappte, leicht verletzliche Frau. Vielleicht, weil sie gerade am Brüten (sprich: schwanger; die Brut am Ausbrüten) ist.

Brutzkopp, läßt jemand anderen trotzig *brutzeln,* indem er eingeschnappt keine Kommunikation betreibt.

Buddikmacher, eröffnet keine Boutique (Wortursprung). Er schafft es aber, alles auf den Kopf zu stellen (siehe auch *Uwweraschmacher).*

Bullewatz, das männliche Zuchtrind, gekoppelt mit dem Eber, soll die tierische Stärke vereint mit den animalischen Eigenschaften eines Schweines darstellen. Läßt aber die Frage nach den intellektuellen Fähigkeiten offen.

Bummelpit, liegt in der Statistik der ein- bis dreitägigen Krankheitstage in Front.

Butzlumbe, nicht mehr so ansehnliches Weibstück, das im Moment nur noch als Putzfrau mit einem Lumpen die ehelichen Pflichten im Haushalt erfüllt.

Buwerolzer, ein Mädchen, daß schon in jungen Jahren lieber mit Buben herumtollt, als mit Gleichgeschlechtlichen oder Puppen zu spielen. Ab einem bestimmten Alter kann aber sehr schnell der gute Rufe darunter leiden.

Buxeschisser, Angsthase, den man sich bildlich mit vollgefüllter Hose vorstellen muß.

C

Chaot, ein Narr, der die Begabung hat, immer wieder durch außergewöhnliche Aktivitäten, die meist zu einem Desaster führen, aufzufallen.

Chrischkinsche, ein Christkind, aber im Sprachgebrauch ohne religiösen Hintergrund. Es handelt sich um einen Kerl, der eigentlich kein richtiger Kerl ist, weil er zu weich ist und gleich bei jeder Widrigkeit zu jammern beginnt. Ursprüngliche Aussage ist ›kreischendes Kindchen‹.

Deiwel

D

Dabbes, einer, der ungeschickt stapft (tappt) und tölpelhaftes Benehmen an den Tag legt.

Dadderarsch, ein Angsthase, dessen Hinterteil vor Furcht so zittert wie ein *dadderischer* Greis.

Debb, manchmal die Bezeichnung für einen einfältigen Burschen, z. B.: *Der Debb merkt nit, daß sei Fraa näwenauser* (= fremd) *geht!* Zum anderen ist ein geistig Behinderter oder psychisch gestörter Mensch gemeint. *Mit dem Debb kannschte doch nit schwätze, der war doch in der Klappsmiehl* (= Heilanstalt).

Deiwel, Teufel, der auch weiblichen Geschlechts sein kann; neben der Warnung vor ihm oder ihr klingt meistens eine unterschwellige Bewunderung durch. *Der Deiwel hat's grad nommo geschafft, beim Finanzamt nit offsefalle.*

Dickkopp, kann auch einen dünnen Kopf haben, Hauptsache stur, borniert, Scheuklappen auf und am besten mit dem Kopf durch die Wand.

Dickwanz, der Wanst ist der Panzen eines Wiederkäuers, und der ist schon dick. Wie dick muß da erst ein menschlicher Dickwanst sein.

Diftler, knifflige Dinge sind für den Tüftler an der Tagesordnung, er wagt sich an alles heran. Bei seiner handwerklichen Kunst kennt er keine Kompromisse, vergißt Zeit, Welt und seine Frau.

Dilldabbes, das Gemüse Dill, auch als Gurkenkraut bekannt, verstärkt den oben bereits erläuterten *Dabbes.* Meistens ist dieser tölpelhafte Tapper ein typischer Fall von menschlicher Akzeleration, nämlich die schnellere körperliche Entwicklung als die geistige.

Dinnbrettbohrer, mit allem, was aus stärkerem Holz geschnitzt ist, hat er seine Schwierigkeiten.

Dirmel, geistiger Tiefflieger. Man stelle sich vor, man würde den ganzen Tag Loopings mit dem Flugzeug drehen. Die Gleichgewichtsorgane würden danach verrückt spielen. Wieder auf der Erde, müßte man taumeln (Wortursprung von *Dirmel*), und das Denkvermögen wäre dadurch auch stark beeinträchtigt.

Dischbedierer, mehr als nur ein Diskutierer, immer im Recht, vertritt die beste Ansicht und gibt nicht eher Ruhe, bis man seiner Meinung ist.

Dodderarsch, einer, der so nervös ist, daß sein Hinterteil wackelt, wie der Dotter eines geschüttelten Eies.

Dohärgelaafener, weder bestellter noch herbeigerufener und erst recht nicht erwünschter Fremdling.

Doordisches, leicht mannstolles Weib, das durch törichtes und albernes Necken gerne dem Angehimmelten gefallen möchte.

Dorfbäse, im ganzen Ort bekannte Erscheinung, die man tunlichst meiden sollte, um nicht selbst zum Gesprächsmittelpunkt zu werden.

Dösbaddel, das absolute Gegenstück eines aufgeweckten Kerls, der aus Dummheit alle wichtigen Ereignisse verpaßt.

Draanfunsel, Tran ist das dickflüssige Fett aus dem Speck von Seetieren. Eine *Funsel* (auch Funzel) ist eine schlecht brennende Öllampe. Für langweilige, dösige Personen wird dieser Ausdruck verwendet; allein die Nähe einer solchen Person wirkt wie eine Schlaftablette. Ist man auf die Hilfe dieser behäbig reagierenden Person angewiesen, so ist Nervenstärke gefragt.

Draansteller, nach dem Motto »Kann ich euch irgendwie behindern?« schafft es der Bezeichnete, sich so anzustellen, daß man die Arbeit dann doch lieber selbst erledigt.

Drache, ausgestorbenes Urtier, dessen schnaubendes, keifendes, angsteinflösendes Verhalten durch so manche Frau in die Neuzeit gerettet wurde.

Drauerlabbe, armseliges, nicht gerade von Fröhlichkeit geprägtes Geschöpf, in dessen Gesellschaft man leicht gemütskrank wird.

Dreckpans, das Wort sagt ja schon alles. Wenn nicht, so suchen Sie sich ein anderes Dreckwort aus. Z. B. *Dreckspatz, Dreckbacke, Drecksack, Dreckschleuder, Dreckskerl.*

Drickeberjer, verfällt permanent der Versuchung, sich vor unangenehmen Angelegenheiten zu drücken und sich in Luft aufzulösen.

Drixer, einer, der sich durch geschickte Manöver durchs Leben mogelt (trickst).

Druckser, sagt nicht geradeheraus, was er will, sondern druckst herum, zaudert. Man muß ihm die Worte einzeln aus dem Mund ziehen.

Druffgänger, ein ›Hans Dampf in allen Gassen‹. Besonders bei Frauen kommt er durch seine schnelle, zielgerichtete und eindeutige Vorgehensweise gut an. Oder nicht?

Drumm, allein schon weil sie unansehlich fett ist, mag man nicht mit ihr in der Öffentlichkeit kommunizieren und geht einen Bogen um sie.

Drutsch, hat es faustdick hinter den Ohren und weiß geschickt ihren Vorteil zu erhaschen.

Duddeler, trinkt gerne einen über den Durst.

Duggmeiser, eine Gestalt ohne Zivilcourage. Versteckt sich hinter der Masse, indem er sich duckt und den Mund hält.

Dummbeidel, Dummbraddler, Dummkopp, *der Dummbeidel braddelt dumm rum wie e Dummkopp; der Dummbraddler is e Dummkopp wie e Dummbeidel ...* Und genauso dumm könnte sich jeder dieser Kerle äußern.

Durschtischer, ein Habgieriger oder ein Säufer.

Durschwitscher, einer, der entkommen ist, sei es aus dem Gefängnis, aus einer brenzligen Situation oder aus seinen Alimentverpflichtungen.

Dussel, ein Einfaltspinsel, der anscheinend einen guten Schutzengel hat.

E

Eckekacker, kann alles besser, glaubt sogar, in einem runden Zimmer in die Ecken kacken zu können.

Edepetete, will etwas Besseres sein, tut deswegen vornehm und pingelig, wirkt aber nur unnatürlich.

Eiderbacke, der Kerl ist so unangenehm wie ein eitriger Zahn.

Eierkopp, manchmal entspricht die Form eines Kopfes genau dieser Beschreibung; wenn nicht, ist der IQ eines Eies als Vergleichsmaßstab gemeint.

Eigenbrödler, ein Sonderling, der sich im Saarland sogar eigenbrötlerisch mit ›d‹ schreibt.

Ekelpaket, könnte mit Leichtigkeit die Rolle von Dallas-Star J. R. übernehmen.

Emmes, großer Brocken, den man noch nicht so richtig einschätzen kann und dem man zuerst mit Vorsicht begegnen sollte.

Ent, bleierne ist auf gar keinen Fall als Rettungsschwimmer geeignet.

Ent, lahmi ist nicht verletzt, und dennoch ist die Motorik auf Zeitlupentempo eingestellt.

Enzelkinsche, verwöhntes Einzelkind.

Erbsegreet, eine Frau, die sich als Busenstar nicht eignen würde.

Erbsezähler, ist behaftet mit einem stark ausgeprägten Mißtrauen. Dies wäre vom Grund her keine zu verurteilende Charaktereigenschaft. Der Spaß hört aber da auf, wo die Kleinkariertheit beginnt. Oder würden Sie die Erbsen einer Dose nachzählen, wenn eine Stückzahl auf der Verpackung stünde?

Erzlienert, lügt grundsätzlich, die Wahrheit ist bei ihm die Ausnahme.

Eumel, vermenschlichtes Würmchen.

Extrawurscht, ist hier keine Zugabe vom Metzger, sondern einer, der immer mit besonderen Wünschen aus der Reihe fällt und meint, man müsse nach seiner Pfeife tanzen.

F

Faasebooz, es ist bekannt, daß man sich zu Fasching verkleidet. Unabhängig von dieser närrischen Zeit ist das so bezeichnete Frauenzimmer unmöglich gemustert und mit dem Kopf in einen Farbeimer gefallen. Bei ganz extremen Fällen kommt es schon mal vor, daß man sie fälscherlicherweise darum bittet, die häßliche Maske auszuziehen.

Feeschfeier, das Fegefeuer ist bei der katholischen Kirche der Läuterungsort der ›armen Seelen‹ vor dem Eintritt in den Himmel. Ein wirklich unangenehmer Ort muß das sein, wo man seine Sünden und Schuld nochmals überprüfen lassen muß. Zu bedauern ist der Ehemann, der sein *Feeschfeier* schon zu Lebzeiten auf der Erde erdulden muß.

Feierzang, eine Feuerzange benutzt man zum Anfassen von etwas Glühendem. Durch die hohe Hitzeübertragung kann man sich noch später die Hände an dieser Zange verbrennen — genauso, wenn man sich mit einer so beschimpften Frau auf Streit einläßt.

Fickerisch, nervöser hin und her zappelnder Kerl, der jeden mit der Zeit aus der Ruhe bringen kann.

Filu, einfach aus dem Französischen übernommenes Wort (filou). Man traut diesem Gauner, Schlingel oder Spitzbub alle harmloseren Mogeleien zu.

Fissemadenschemacher, auf die Dauer nervtötender Genosse, der immer aus der Reihe tanzt, sich an Unsinnigem aufhält und andere damit aufreibt.

Flaade, der Fladen ist der Kot eines Rindviehs, der auf der Straße liegend die Form eines runden platten Backwerks besitzt.

Flenschzieher

Flabbes, mit dem kann man herumalbern ohne Ende. Umgekehrt kennt er aber auch keine Grenzen, und seine grobe, wenig einfühlsame Art eckt dann ganz schön an.

Flatschnickel, ein Schwerenöter und Schinder, der die Begabung hat, ohne Rücksicht auf Verluste einfach drauflos zu marschieren.

Flemmbock, franz.: tirer sa flemme = sich aalen, faulenzen. Hier ist das Wort mit ›Unlust‹ zu übersetzen. Im Neudeutschen würde man ›Null Bock‹ sagen, und einen solchen ›Null Bock‹-Bock erkennt man unverwechselbar an seinem motivationslosen Gesichtsausdruck.

Flenschzieher, die Karikatur beschreibt ihn am besten. Der Autor spart sich daher die Worte.

Flittsche, war ein Mädel einmal zuviel willig oder gar zu dem Falschen nur einmal, so hat es diesen Namen sehr schnell weg.

Flunkerer, bei dem weiß man nie, ob es wahr, übertrieben oder gänzlich gelogen ist.

Flutsch, *flutschen* bedeutet: schnell von der Hand gehen. Bei einer so bezeichneten Frau wird dies aber als Oberflächlichkeit ausgelegt. Eine, die es nicht so genau nimmt; in jeglicher Beziehung zu verstehen.

Foazer, offensichtlicher kann man im Dummsprechen nicht auffallen.

Foazersch, sie steht ihrem männlichen Kollegen in nichts nach.

Foaznickel, noch schlimmer ist es, wenn ein *Foazer* klein wie ein Kobold ist. Dieser *Nickel* könnte zwar etwas richtig Geistreiches gesagt haben, wird aber aufgrund seines schwachen Durchsetzungsvermögens nicht für voll genommen.

Fobber, jemanden zu necken, ist seine Hauptbeschäftigung. Er macht es aber so liebevoll, wie der Saarländer das ›p‹ bei Fopper ausspricht.

Fraaleit, Frauen-Leute, Summe aller Frauen ab dem heiratsfähigen Alter.

Fraaminschtröschter, ein Frauenmenschentröster. Das Wort sagt uns einerseits, daß Frauen auch Menschen sind, und andererseits, daß sie Trost brauchen. Und diesen Trost bekommen sie von einem Spezialisten, der von seinen Nebenbuhlern neidisch so betitelt wird.

Fratzemacher, Angeber in höchster Potenz.

Freckert, ein überkühner und unverschämter Kerl.

Freibiergesicht, hat ein super Timing, gerade dort zu erscheinen, wo es etwas umsonst gibt. Weiß sich vortrefflich für ein Bier in Szene zu setzen.

Freschdax, harmlosere Form eines frechen Wesens.

Freßbeidel, tritt nur beim übermäßigen Essen in Erscheinung. Seine sonstigen Engagements sind nur dürftig ausgeprägt.

Freßsack, siehe *Freßbeidel.*

Fuchtel, ist ein Degen, der besonders mit stumpfer Klinge als Strafwerkzeug diente. Durch den Fuchtelschlag wurde man gezüchtigt. Eine als herrschsüchtig geltende Frau wird so genannt, und man ist mit ihr bestraft genug.

Fuddler, ein Falschspieler.

Funsel, ein Weibsbild, das so wenig gut aussieht wie eine *Funsel* (=Lampe) gut leuchtet.

Futschler, dem sollte man kein Vertrauen schenken, wenn es gilt, etwas zu reparieren. Ihm am besten auch keine wertvollen Sachen in die Hand geben, sonst ist später alles *futsch.*

G

Gacksersch, gackert wie ein Huhn herum, legt aber keine Eier.

Gäggischer, der Gag ist ein witziger Einfall, der *Gäggische* aber die Witzfigur selbst.

Gängelgretsche, aufdringlich nervendes Weibsbild, wurde sicherlich als Kind schon verzogen, verwöhnt. Bildlich: an einem zu langen Gängelband laufengelassen.

Gauner, listiger Betrüger.

Gelackmeierter, hat den Schaden und braucht für den Spott nicht mehr zu sorgen, wurde definitiv hereingelegt und betrogen.

Gesocks, Gesindel.

Gibskopp, ist weder weiß noch weise.

Giftnudel, auch wenn man sie nicht ißt, ist sie ungenießbar.

Giftzwersch, ein gehässiger, böswilliger Mensch, der um so mehr Gift verspritzt, je kleiner er ist.

Giggelhannes, verlacht sich (= gickelt) bei jeder Kleinigkeit. Hat kein Gespür für den Ernst der Lage.

Gladdischer, hat sich womöglich vorher mit Öl eingeschmiert, damit man ihn nicht so schnell ergreifen kann. Gehört zu der Gattung des seit dem Mauerfall berühmten ›Wendehalses‹. Durch seine Redegewandtheit schafft er es allzuoft, seine Charakterlosigkeit zu übertünchen.

Grindkopp

Glotzer, bekommt leicht Stielaugen, auch wenn es nichts zu sehen gibt. Bei Autobahnunfällen trifft man ihn des öfteren auf der Gegenspur an.

Gluck, einfältige Frau, die sich ausschließlich wie eine Henne um ihre Küken kümmert und die sonstige Welt vergißt.

Gnaschdischer, ein Geiziger, der sogar an der Seife und am Wasser spart.

Gorkes, evtl. vom französischen gorger (= reichlich füttern, vollpfropfen) abstammendes Wort, da es einen allzu großgewachsenen Mann meint.

Grabscher, greift nach allem, was er in die Finger bekommt, von Geld bis Frauenteile.

Grangler, immerzu *grangelig* Meckernder.

Gräzbeidel, ein grämlicher, also mürrischer und verdrießlicher Zeitgenosse.

Greilicher, ein greuliches, abscheuliches *Ekelpaket.*

Griebsche, die Griebe ist der Rückstand von ausgebratenem Fett. Die Verniedlichung steht für einen fettigen Pickel, und der ist so unansehnlich wie die betitelte Frau.

Grieweschniß, krankhafte Ausschläge an den Mundwinkeln sollen auf eine mangelnde Hygiene schließen. Vor einem intimeren Kontakt wird gewarnt.

Grimmelwiedischer, die erste Hälfte des Wortes kommt nicht, wie man naheliegenderweise ableiten könnte, von dem Wort ›Grimm‹ (= anhaltende Zorneswut), sondern von Krümel. Denn schon ein Krümel ist für diese Person Anlaß genug sich aufzuregen und *wiedisch* (= wütend) zu werden. Aber dann ist er ein grimmig Wütender.

Grindkopp, ist ein *Knuschdepeter*, bei dem der Dreck schon äußerst schwer abgeht. Seine Haartracht wurde weitgehend durch festsitzenden Schmutz ersetzt.

Grumbiernickel, auf hochdeutsch: Kartoffel-Erdgeist. Sicherlich ist das Wort entstanden, als die Kartoffel noch von Hand mühsam geerntet werden mußte.

Grummler, mit sich und der Welt unzufrieden, *grummelt* er sich ständig in den eigenen Bart.

Gruscher, wird wohl nie Langeweile haben, da er so viel Krimskrams zum Herumstöbern hat.

Gruwestrolle, eine wirklich abfällige Bemerkung über einen in der Grube arbeitenden Bergmann, denn *Strolle* ist das von einem Hund liegengelassene würstchenförmige Geschäft.

Gummafresser, vom franz.: le concombre – die Gurke. Ein armer Schlucker, der sich nur Gurken leisten kann.

Gurischer, gieriger ›Nimmersatt‹. Einer, der nie genug bekommt und heftig verlangt.

H

Hammel, ein dummer, uneinsichtiger Mensch.

Hannjockel, *Ich laß doch nit mit mir de Hannjockel mache!* Ein Jokulator ist ein Spaßmacher und Gaukler, aber gerade das möchte derjenige nicht sein und versteht keinen Spaß, wenn man mit ihm scherzt bzw. seine Gutmütigkeit ausnutzen will.

Hänsje, *Geh gleich zum Hans und nit zum Hänsje.* Man soll zum Chef und nicht zu einem Kompetenzlosen gehen, dessen Rang sich in der Verniedlichung des Namens Hans verdeutlicht.

Hartfießer, heute nicht mehr aktuelles Schimpfwort. Zur Zeit der Industrialisierung arbeiteten verarmte Bauern in den Industrierevieren. Sie lebten die Woche über als Einlieger bei Familien oder in den Schlafhäusern nahe den Gruben. Sie gingen bis zu dreißig Kilometer zu Fuß über die sogenannten Bergmannspfade zu ihrem Arbeitsplatz. Die Einwohner des Industriereviers verspotteten sie wegen ihres groben Schuhwerks und wegen der langen Wege.

Harzbacke, auf den kann man sich nun wirklich nicht verlassen.

Harzkrämer, Kleinigkeitenhändler, der sich auch kleinlich benimmt. Das Wort hatte wohl schon seine Bedeutung, bevor unser *Fenner-Harz* (Rübensirup, der einmal in dem Völklinger Stadtteil Fenne hergestellt wurde) ein Markenartikel wurde.

Hawebraddler, früher stand ein *Hawe* (= Nachttopf) für den Fall der Fälle in der Nähe des Bettes, da das stille Örtchen außerhalb der Wohnung lag. Heute betitelt man einen Dummschwätzer mit diesem Wort.

Heini, uffgeblosner ein sich aufspielender Angeber, wobei der Name Heinz oder Heinrich zur Verunglimpfung herhalten mußte.

Heisjebutzer, siehe *Abeebutzer.*

Hetzer, wiegelt andere auf und stitftet sie zur Tat an.

Heulersch, ein sensibles Mädel, das nahe ans Wasser gebaut hat und wegen jeder Kleinigkeit zu weinen beginnt.

Heulsuse, heult schon bei dem Gedanken, mal keinen Grund zum Heulen zu haben.

Hewwel, ein Grobian, der mit der Brechstangentaktik (*Hewwel* = Hebel) das Leben zu meistern versucht.

Hex, *Hexe hann mir im Saarland aach! Sogar schinnere als ihr!*

Hiehner, allgemein gebräuchliche Vokabel für Vertreter des weiblichen Geschlechts, da sie ja oftmals wie aufgescheuchte Hühner herumgackern.

Hinkel, debbisches verrücktes Frauenzimmer, das gerade nicht so will, wie der Gockel es wünscht. Warum auch?!

Hinkel, doordisches törichtes Huhn, siehe auch unter *Doordisches.*

Hinkel, gerubbtes sieht mitgenommen, lädiert und überanstrengt wie etwa ein gerupftes Hühnchen aus.

Hinnerfotzischer, hinterhältiger, falscher Hund, der noch die Frechheit besitzt, scheinheilig zu sein.

Hinnerlischdischer, mit Hintergedanken versucht er listig, Vorteile zu erhaschen.

Hirni, der hat wieder einmal mitgedacht, falsch gedacht, ausgeführt — und schon haben wir den Salat.

Hoarisches, entweder hat sie Haare auf den Zähnen, oder sie sieht so aus wie die saarländische Kartoffelknödelspezialität.

Hoarspaller, glänzt durch subtilste geistige Filigranarbeit, was seine Mitmenschen eher zum Haareausreißen nötigt.

Hornochs, wider besseres Wissen beharrt er engstirnig auf seinen Meinungen. Aus Sturheit und Eitelkeit gibt er keinen Fehler zu. Daß die Saar berghoch läuft, würde er allein des Behauptens willen bis aufs Messer verteidigen.

Hoschbes, zu jeder Dummheit bereit, aber zu nichts fähig.

Hoseschisser, siehe *Buxeschisser.*

Hottwolee, französisch: haute volee = die oberen Zehntausend (wörtlich: ›Höhenflug‹). Aus dieser Distanzierungsbezeichnung spricht der verdeckte Neid.

Huckebleiwer, ist nicht der Seßhafte auf einer Party, sondern der standhafte Ehrenrundendreher in der Schule.

Huddeler, ein Stümper, der nervös agiert und rein gar nichts zustande bringt.

Hupser, junger grün hinter den Ohren wie eine Heuschrecke, aber noch nicht so sprunggewaltig.

Hutzel, ist gedörrtes Obst — und so zusammengeschrumpft und runzlig sieht dieser Spezie aus.

Hutzelmännje, hier ist klar, daß diese *Hutzel* eindeutig männlichen Geschlechts ist.

I

Iwweldran, ewig Zweifelnder, der nur im Konjunktiv reden kann: *Hätte ma nur! Hättschde, däätschde, währschde ... odder, wär's nit besser gewähn?!*

Iwwergescheiter, halbes Wissen ist schlimmer als Nichtwissen, besonders wenn man es zum besten gibt. Im Gegensatz zum Altgescheiten tritt er durch seine Äußerungen von einem Fettnäpfchen ins andere.

Iwwerkandidelter, ein Überdrehter, der ein Erfolgserlebnis nicht verkraftet hat und jetzt meint, auf allen Ebenen der King zu sein.

Iwwermiedischer, kennt anscheinend seine wahre Leistungsfähigkeit nicht. Im Hochgefühl subjektiver Überschätzung wird er allzuoft durch die Realität eingeholt.

Iwwerzwerrischer, ausgeprägter Oppositionsgeist, der von seinen Mitmenschen schlicht als Quertreiber eingestuft wird.

J

Jääbs, unverwechselbar an ihrem Wohnrevier zu erkennen. *Hann nix se reiße un nix se beiße, awer e Videorekorder mit de neischte Filme dahemm!*

Jääbsche, Singular von *Jääbs.*

Jähzornischer, dem kommt man besser nicht unter die Finger; ist zwar nicht besonders stark, dafür aber um so grausamer.

Jammerlabbe, das ist kein richtiger Kerl, sondern ein verweichlichter Versagertyp, der ständig mit seinem Schicksal hadert.

Japser, ist rasch außer Puste. Sein Konditionsstand ist gleich Null. Er bekommt schon Atemnot beim Stuhlgang.

Jauler, jammert und jault, immer etwas heftiger, als es wirklich nötig wäre. *Han'ne kaum beim Remple beriehrt, un schonn jault er uff, so daß de Schiri nit anaschda kann als e Elfer se peife!*

Jaunerer, winselt ständig leidig herum.

Jibbsche, ein Jüpchen (Jäckchen) paßt nur einem, der schmächtig gewachsen ist. Die halbe Portion stellt einfach nichts dar.

Jockel, im Gegensatz zum *Hannjockel* scheint dieser Zeitgenosse seine Eitelkeit zu befriedigen, indem er gerne den Narren bis zum Exzeß spielt. Zumindest steht er dann solange im Mittelpunkt.

Johsaner, Johsacher, Jasager findet man besonders in Gemeinde- und Stadträten. Sie sind das Stimmfutter der Fraktionsführer. Hauptsache, das Sitzungsentgelt stimmt.

Jubbefaller, Jupe (frz. Rock, heutige Bedeutung Jacke) ist der Gegenstand, auf den bildlich dieser Zeitgenosse fällt oder tritt. Und es ist ärgerlich, wenn man seine Jacke verschmutzt und zerknittert bekommt. Wenn das ständig durch diese Person passiert, dann geht es einem an die Nerven, und das ist im übertragenen Sinne die Bedeutung.

Juggler, schafft es auf jeden Fall, immer solange auf etwas *herumzuklunschen* (siehe *Klunschert*), bis es kaputt ist.

Jüngelsche, an der Grenze zur Mündigkeit hat er es äußerst schwer, für voll genommen zu werden.

Jungspunt, siehe *Spunt, junger.*

K

Käässchmier, früher war es die vornehme Blässe, denn nur die schwer schuftenden Bauern auf dem Land waren gut gebräunt. Heute ist das Statussymbol Urlaub mit Bräune gleichgesetzt. Aber wie lange noch wird das Ozonloch den Spruch ›weiß wie ein Käsebrot‹ als Verachtung zulassen? Vielleicht wird man in Zukunft ›rot wie Krebsfleisch‹ sagen.

Kabbeskopp, nicht zu verwechseln mit Kohlkopf; zumindest hat der Kappes (= Wirsing) mit seinen Windungen das Aussehen eines Gehirns.

Kabeißjehucker, besticht durch seine verantwortungsvolle Arbeitsaufgabe in Toiletten und Parkplatzhäuschen. Wäre auch variabel für Verkehrszählungen einsetzbar.

Kacker, absatzfördernd, ganz besonders in der Papierbranche.

Kadeplätsch, so abfällig kann nur einer eine Wahrsagerin betiteln, der ihre hohe Kunst noch nicht kennengelernt hat.

Kaffeetante, eigentlich zu beneiden, wenn man so viel Zeit zum Kaffeetrinken aufbringen kann. Aber der Pep fehlt doch irgendwie.

Kakerlak, den Schmarotzer kriegt man genauso schlecht weg wie sein Original, nur daß er nicht lichtscheu und am Tage auch noch lästig ist.

Kanalje, im Saarländischen hat es einen nicht so vulgären Beigeschmack wie seine französische Herkunft (canaille = Pöpel, Schuft). Wir sind eben schlimmere Wörter gewöhnt. Man sollte aber trotzdem dieser unzuverlässigen Person nicht trauen.

Keenisch

Karl-Heinz, *Du bisch jo nit ganz Karl-Heinz!* Er hat ›nicht alle Tasse im Schrank‹, irgendwie *laaft er heit näwe da Kapp.* Aktuelle Zustandsbeschreibung für einen Kameraden, dessen Verhalten aufgrund widriger Umstände (z. B. Liebeskummer, Midlife crisis oder Katerstimmung) gewohnte Handlungsmuster vermissen läßt.

Kawänzmann, lang wie ein *Lullatsch* (siehe dort) und breit wie ein Schrank.

Keenisch, nur noch der Kaiser steht über ihm, ansonsten fällt er mit eigenwilligen Aktionen auf, die andere übervorteilt, und später wundert er sich, wenn er einsam wie ein König ohne Volk endet.

Kehrbirscht, hoffentlich bleibt mir die Arbeitskraft meiner Frau noch lange erhalten.

Kinner, Erwachsene, die sich so benehmen, wie sie es ihren Kindern verbieten.

Kinnskopp, dieser Kopf hat kein überdimensionales Kinn, sondern der Inhalt ist vollgefüllt mit kindischen Albernheiten.

Kischtepitt, trinkt unser Karlsberg kistenweise und hat deswegen ständig einen in der Kiste. Sollte mal auf Gründels (alkoholfreies Karlsberg) umsteigen.

Kitschesbruder, hat eine Vorliebe für eine soziale Einbindung mit täglicher Betreuung und Mahlzeit. Strengt sich deswegen vehement an, sooft wie möglich diese staatliche Fürsorge zu genießen.

Kiwweler, reibt sich gerne mit anderen; das steigert sich schnell zum Raufen und endet mit einer deftigen Schlägerei.

Klabber, klappert wie eine Klapperschlange, aber mit dem Mund.

Kladdisches, sie ist noch glatter wie der *Gladdische*, der Saarländer steigert dies einfach durch ein ›K‹. Ein überaus freches Mundwerk kommt noch hinzu.

Klänes, Kläner, die Rangordnung ist hier gleich festgelegt. Die Autorität spürt die Kleine oder der Kleine schon bei der Anrede.

Klatschweib, klatsch in die Hände — und das ist genau die Zeitspanne, in der dieses Weib fähig ist, etwas für sich zu behalten.

Kleckeraasch, eine unsaubere Arbeitsweise ist sein Markenzeichen.

Klickerspiller, so bezeichnen Antifans die Fußballmannschaft des 1. FC Saarbrücken und behaupten, sie wären erfolgreicher, wenn sie *Klicker* (= Murmeln) spielen würden.

Klingler, das ist ein Radfahrer (= nach oben buckelnder und nach unten tretender Einschmeichler), der noch ständig dabei klingelt, um sich noch mehr einzuschleimen.

Kloarer, fällt mit seinen Taten und Ansichten allzu originell aus dem Rahmen. Er läuft einfach neben der Spur.

Klobutzer, siehe *Abee-* und *Heisjebutzer.*

Klotzkopp, unbewegliches, unförmiges Stück, meistens aus Vollholz.

Klowe, kommt einem zweiäugigen Zyklop am nächsten.

Klugscheißer, drängt seine ganze Klugheit ungefragt jedem auf.

Klumpsack, so dreckig triefender klebriger Sack, daß er schon klumpt.

Klunschert, verkappter Zirkusartist, der besser mit doppeltem Fangnetz arbeiten sollte.

Knaatscher, von unlustig herumkauen, knatschen. Im übertragenen Sinne ein sich schlecht artikulierender Quertreiber, nörgelnder Spielverderber. Seine Kommentare artikulieren sich etwa im Niveau eines New Yorker kaugummiessenden Slumbewohners.

Knacker, alter der ist wohl so alt, daß die Knochen wegen der fehlenden Gelenkschmiere schon knacken.

Knallkopp, vor Verrücktheit strotzender Dummkopf.

Knalltuut, noch so ein(e) Spinner(in).

Knauber, fällt meistens durch seine freundschaftlich preisgünstige Autoreparatur auf. Wegen der fehlenden Garantieleistung wird aber der fast unmittelbar folgende obligatorische Werkstattbesuch um so teurer, je mehr er herumgepfuscht hat.

Knausert, Pfennigfuchser.

Kneppdräher, er betreibt zwielichtige Geschäfte. Oder könnten Sie vom Knöpfedrehen leben?

Knickischer, Steigerung von *Knausert.*

Knoddel, ähnelt einem feministischen Wollknäuel.

Knodderer, liegt zwischen knurren und nörgeln.

Knoddler, Planung und Strategie sind für ihn Fremdwörter. Das Chaos ist sein Metier.

Knubbe, etwa faustgroß, aber auch so unangenehm wie ein Faustschlag.

Knülsch, flegelhafter Unsympath.

Knutscher, kennt den Vornamen von Aids, nämlich *Graadzel.* Denn sein Motto heißt *graadzeläädS* (= ›jetzt erst recht‹ oder ›nichtsdestotrotz‹).

Kratzbirscht

Kodderer, gibt Laute wie ein am Rande des Siechtums schleimauswürgender Kettenraucher von sich.

Konsort, *Das is mo e Konsort.* Eine Gruppe von Unterprivilegierten.

Koob, ist ein Rabe, und so schwarz wie ein Rabe ist die Seele von der so beschimpften Frau, die meistens noch dumm und häßlich ist.

Korinthekacker, ob er wirklich kleine Rosinen kackt, weiß ich nicht. Jedenfalls hält er sich und andere mit Kleinigkeiten auf. In der Paragraphenreiterei ist er Champion.

Kotzbrocke, ein wieder sehr anschaulicher Vergleich einer Wertschätzung.

Krääzischer, verhält sich gerade so, als ob er krätzige Butter essen mußte.

Kräbbert, widerspenstiger Lümmel.

Krakeeler, die fehlenden Argumente gleicht er durch lautstarkes Geplärre aus.

Kratzbirscht, in der Zwietracht ist sie im Element, und gefährliche Schürfwunden sind ihre Spezialität.

Kribbel, ungezähmter, widerspenstiger Bock.

Kriescher, nachdem er beim Klingeln (siehe *Klingler)* keinen Erfolg hatte, ölt er sich ein und versucht, schlüpfriger zu sein.

Krott, widerspenstiges Mädchen. Im Moment noch häßlich wie eine Kröte, aber die Hoffnung auf den erlösenden Kuß bleibt.

Kutzekäppsche, man will verdeutlichen, daß diese Person in der Gesellschaft den Stellenwert einer Kaulquappe besitzt.

L

Läädischer, ein lebensüberdrüssiger Gesell.

Lääfisches, ein von der Brunft ergriffenes mannstolles Weib.

Labbe, kraft- und saftloser Schwächling.

Labbeduddel, seine ›Egal‹-Einstellung ist seine Lebensphilosophie. Anscheinend ist er zu dusselig, um eine eigene Meinung zu haben.

Labbes, lang, flattrig bis flapsig. Also ein großgewachsener, unreifer und flegelhafter Lümmel.

Lackaff, ein affektierter Strahlemann, dessen Äußeres so aufpoliert ist wie Lackschuhe.

Lackel, unwürdiger Hund. Dunkel meine ich mich an die Worte meines Geschichtslehrers zu erinnern, der dieses Schimpfwort von einem unter Napoleon grausam im Saargebiet wütenden General ableitete.

Lahmaasch, träge, unwillige Handlungen kennzeichnen ihn.

Lakai, aus dem Spanischen und Französischen stammendes Wort, das einen unterwürfigen Diener meint; Mensch zweiter Klasse.

Lallbacke, braucht keinen Alkohol, um rumzulallen. Produziert ohne große Anlaufzeit oralen *Batsch.*

Lamedierer, dieser nervtötende Gesprächsteilnehmer will eigentlich nichts sagen, und das ist ihm Anlaß genug, lang und breit Ausführungen zu machen.

Lämmes, *Du bisch wohl vom Lämmes gepickt!* sagt man, aber ich verstehe den Spruch bis heute noch nicht, weil Schafe und Lämmer nicht picken können. Aber ein *Lämmes* ist so dumm wie ein Schaf.

Lästermaul, führt sein freches Mundwerk solange spazieren, bis er eins drauf bekommt.

Laumacher, zuerst macht er den ›Dicken Michel‹, und später ›verdünnisiert‹ er sich.

Laumann, siehe Laumacher.

Lausert, früher war er bestimmt voller Läuse, heute hat er nur noch Flöhe im Kopf, die ihn zu lausbübischen Streichen anstiften.

Lazzegalli, siehe *Lazzeroner;* man übertrug willkürlich die Eigenschaften auf die Gallier (Franzosen, älteste keltische Bewohner Galliens).

Lazzeroner, die Lazzeroni sind die ärmste Volksklasse in Neapel und Sizilien. Gemeint sind die Bettler und Gelegenheitsarbeiter. Ein besitzloser herumstreunender Kerl wurde so geächtet. Heute ist es oft eine harmlosere Bezeichnung für einen ungezogenen Lausbuben.

Leitbescheißer, schummelt auf Kosten anderer. Das Wechselgeld ist bei ihm auf jeden Fall nachzuzählen.

Leithammel, der größte Depp geht mit seinem Beispiel voran und setzt die Maßstäbe für die Dummheit.

Liener, hat sehr kurze Beine und steht mit der Wahrheit auf Kriegsfuß. (Rätsellösung für Nichtsaarländer: *Liener* = Lügner).

Linnser, durch die Linse sieht man besser. Sie würde auch diesem vorwitzigen Zeitgenossen seine Hauptbeschäftigung, nämlich das angestrengte Beobachten fremder Vorgänge, erleichtern.

Lude, Zuhälter.

Luder, eine lockende, herumlotternde und Unwillen erregende Ungebundene.

Luftikus, unzuverlässiger Träumer.

Luische, wäre eigentlich der richtige Partner für ein *Luder.*

Lullatsch, wirkt durch seine Länge schlacksig und ungelenk.

Lumbe, wertloser und armseliger Kerl.

Lumbekrämer, ein nicht beneidenswerter, auf das Schrotteinsammeln angewiesener Händler.

Lümmel, grenzüberschreitendes, harmloseres Wort für einen unfeinen Burschen.

Lung, halwi siehe unter *halwe Portion.*

Lusch, die Lusche ist eine wertlose Spielkarte, und mit der kann man genausowenig anfangen wie mit diesem Taugenichts.

Luuser, damit Sie auch feststellen, daß die Saarländer englisch können, muß dieses der neueren Generation von Schimpfwörtern angehörende Wort aufgeführt werden. Es kommt von ›to lose‹ (verlieren) und meint einen ewigen Verlierer. Ein Nichtskönner auf allen Ebenen.

M

Macher, will alles selber machen, kann alles besser machen, sollte am besten auch alles alleine machen.

Malträdierer, vielleicht hat er zu Hause nichts zu sagen und kostet deswegen seine übergeordnete Rangstellung aus, indem er seine Untergebenen nötigt.

Mamsell, diese Abkürzung von Mademoiselle klingt schon gar nicht mehr so galant und ist auch ganz und gar nicht so gemeint.

Mannsbiller, der Plural von Mannsbild. Aus dem Frauenmunde ist die Erwartungshaltung durch den verächtlichen Klang unüberhörbar.

Mannsdoordisches, man kann überhaupt nicht verstehen, warum es noch solche männerverrückten Frauen gibt, wenn das Image des Mannes doch so schlecht ist. Das müssen ganz egoistische Gründe sein.

Maschinn, ein weiblicher *Kawänzmann.* Dick, plump, schwer.

Mätzjemacher, macht immer *Fissemadenscher.* Ein Unruhestifter, der ewig Unsinn treibt.

Maulaff, ein Besserwisser, der seine Kunst aber noch nicht unter Beweis gestellt hat.

Mauler, siehe *Meckerer.*

Meckerer, siehe *Mauler.*

Gratulation! Wenn Sie hier weiterlesen können, haben Sie es geschafft und sind aus der Endlosschleife herausgekommen, ansonsten wären Sie eine

Memme, ein verweichlichter Versager, der sich besser an der Mutterbrust ausheulen sollte.

Muschtergret

Mickrischer, zu kurz, zu schmal und auf keinem Fall ebenbürtig.

Mipser, kein Freund von Wasser und Seife. Zumindest hat man sich zur Zeit des Sonnenkönigs einparfümiert, hier mieft es aber nur nach altem Schweiß.

Molleemacher, spielt sich auf und beginnt einen Sturm im Wasserglas.

Moogler, schwindelt besonders beim Kartenspielen.

Mopser, ehe man's sich versieht, hat er etwas weggeschnappt.

Motzer, ist ein spezieller Glasmacher. Für dieses Buch ist aber nur die kurz aufschnauzende und dann lang schmollende, verdrießlich dreinschauende Personengruppe interessant.

Muffel, einer, der Kritik nicht verkraften kann, deswegen eingeschnappt ist und im Moment verständlicherweise zu nichts mehr Lust hat.

Muffländer, stammt von Militärischer**u**rlaubsfreifahrtsschein. Die Saargegend war während des gesamten Ersten Weltkriegs Durchmarschregion mit einer Vielzahl von Lazaretten. Wer aus diesem Bereich von der Front kam, hatte diesen Berechtigungsschein. Es waren keine Saarländer, sondern Soldaten, die dieses Gebiet passierten. Ich fühle mich deswegen nicht angesprochen, wenn man heute den Saarländer mit *Muffländer* beschimpft, indem man fälschlicherweise muffelig oder ängstlich hineininterpretiert.

Murkser, dilettantische Reparaturversuche im handwerklichen und technischen Bereich sind für ihn an der Tagesordnung.

Muschtergret, Verballhornung einer Frau, die mit seltenem Geschmack ihr Outfit präsentiert.

N

Nassauer, ich weiß auch nicht, warum die Einwohner der hessischen Stadt an der Lahn für einen Schmarotzer herhalten müssen; zumindest heißt nossen im Jiddischen ›schenken‹.

Neidsack, sein Sack ist nicht so vollgefüllt, und deswegen scheint er neidisch zu sein.

Nigutt, französisch: le nigaud, der Dummkopf, oder besser: der Taugenichts, denn er ist für nichts gut.

Noomacher, versucht, die guten Ideen anderer zu kopieren.

Nudel, zielt weniger auf die durch übermäßiges Verzehren dieses getrockneten Mehlteiges gewonnene körperliche Gestalt ab. Gemeint ist eher eine etwas alberne, aber auch originelle Frauenart.

Nuschler, bekommt beim Sprechen zum Leidwesen seiner Zuhörerschaft die Zähne nicht auseinander.

Nuß, daab taube Nuß bezeichnet einen hohlen Kopf.

O

Oarscherisches(r), armseliges, vernachlässigtes und daher nicht gedeihendes Etwas.

Obbordunischt, Gesinnungslump. Hier wollte der saarländische Intellektuelle zeigen, daß er auch Fremdwörter kennt. Es gelingt ihm aber meistens nur Hochdeutsch mit *Striefen*, wie im folgenden Dialog verdeutlicht wird. »Haben sie Draht *do*« — »Nein, *Droht* haben wir nicht da.«

Oddo, *Bin isch dei Oddo? Such da e annara für dei Dreckawet!*

Orjel, eine Orgel ist zum Spielen da. Wenn das eine Frau mit sich machen läß, gehört sie zu einem bestimmten Milieu.

Otschebebbes, komischer Kauz, bei dem man nicht so recht weiß, was man bei halten soll.

Owwerlehrer, braucht nicht studiert zu haben, um alles besser zu wissen. Ein richtiger Klugscheißer.

Oxischer, stur wie ein Esel, und dennoch ein Ochs.

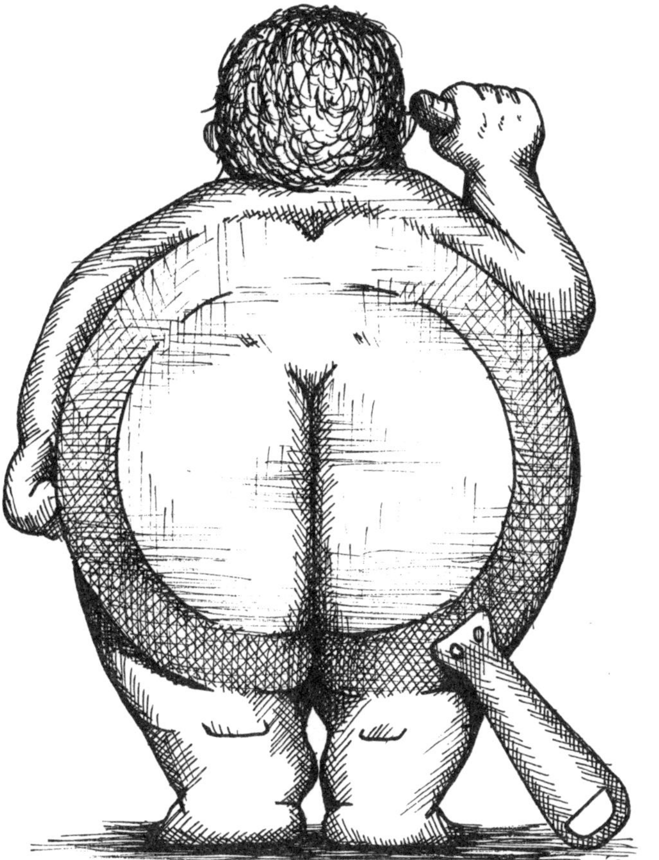

Pann

P

Päär, Pferd, aber mehr der grobschlächtige Kaltblüter mit seiner ungestümen, taktlosen Art.

Pack, mit diesem zusammengepackten Bündel ist der Pöbel gemeint. *Steck's Gesindel in e Sack, schlaa druff, un du träfscht immer de Rischtische.*

Palawera, franz.: palabre = langes, unnützes Gerede. Und tatsächlich: hier handelt es sich um einen unendlichen Quatscher.

Pälzer, entscheidender Motivationsgrund für das Schreiben dieses Buches (siehe Vorwort). Er verschafft dem Saarländer ungewollt durch seinen Intellekt übermütiges Selbstbewußtsein.

Pampischer, flegelhafter Lümmel, der durch undiplomatische Äußerungen auffällt.

Pann, flach und breit ist die Pfanne und das Hinterteil der so bezeichneten Frau. Es ist mit seinem weiten Radius so dominierend, daß die ganze Frau als Pfanne bezeichnet wird.

Panz, siehe *Dickwanz.*

Pänz, eine ungezogene, lärmende und nervende Kinderschar, meistens nicht die eigenen.

Peezer, verteilt heimtückisch ›Pilos‹, d. h. zwickt andere unangenehm in die Haut.

Peifekopp, Wasserkopf, der zum Sieden kommt und durch den entweichenden Wasserdampf pfeift.

Penner, drei unterschiedliche Bedeutungen: Clochard, Langschläfer, Niete.

Penningsfuxa, Geizhals.

Petze(r), versucht, sich wichtig zu machen, indem sie/er andere verrät.

Piesacker, ein Schänder, der sich seine Arbeit in kleinste Portionen aufgeteilt hat.

Pietscher, der trinkt allzugern einen über den Durst.

Pischbara, »Wer flüstert, der lügt«, sagt man. Zumindest nervt es, bei diesem Geheimniskrämer nicht alles mitzubekommen.

Pischler, säuft wie der *Pietscher* auch alkoholische Getränke in Mengen und erbte deswegen den Namen von Elias Pichler, Braumeister des Münchner Hofbräuhauses, der 1614 erstmals ›Ainpöckisch-Bockbier‹ braute.

Pisser, *Pietscher* und *Pischler* müssen zwar auch öfters zum Wasserlassen, aber deswegen sind sie noch lange nicht so geringwertig wie dieses harnlassende Geschöpf.

Pittsche, die Verniedlichung des Namens Peter klingt ganz und gar nicht niedlich. Der Typ ist genauso gerngesehen wie ein Pickel im Gesicht. (Man sagt nämlich auch: *Du hasch e Pittsche an der Schniß!)*

Plotzer, arbeitet bis zum Umfallen; wäre im Schwäbischen sicherlich kein Schimpfwort.

Pootsche, vielleicht vom Po abgefallen, denn mit so einem will man überhaupt nichts zu tun haben.

Portion, halwe körperlich nicht ernst zu nehmendes Kerlchen, zumindest aus der Sicht des Äußernden.

Protzer, ein aufgeblasener, prahlerischer Mensch.

Pummelsche, hat anscheinend ihren Babyspeck noch nicht verloren.

Q

Quaaker, er tut's den Fröschen und Enten gleich, mit dem Unterschied, daß er inhaltsloser quakt.

Quacksalwer, ein prahlerischer Möchtegern, ein Ableger des Kurpfuschers.

Quaddel, bei dieser Frau schwabbelt und wackelt alles wie Wackelpudding oder wie die gleichnamige unansehnliche Hautanschwellung.

Quälgeischt, quält nicht körperlich, sondern nervt geistig.

Quasselstripp, hängt ununterbrochen an der Strippe (= Telefonleitung) und ist auch eindeutig die Wortführerin.

Quaßler, ... *un Quasselstripp hann sich gefunn un kinne sich jetzt geheseidisch zululle.*

Quatschkopp, Quatsch ist eine weiche zerdrückte Masse, und diese Birne scheint zu weich zu sein; daher der Grund für das törichte Reden. Bildlich gesehen kommt das unsinnige Zeug beim Sprechen selbst heraus.

Quengler, es geht ihm gegen den Strich, und deswegen ist er so lange lästig — manchmal weinerlich, dann wieder ironisch nörgelnd —, bis er sein Ziel erreicht hat und man ihm seinen Wunsch erfüllt.

Querdreiwer, durchkreuzt die Pläne anderer durch Hervorrufen von Schwierigkeiten mit der Absicht, Verlegenheit zu bereiten.

R

Raamacher, ist selten anzutreffen, wenn es ums Anpacken geht. Aber solche Typen sind nicht rar und deswegen auch nicht kostbar.

Raaschischer, ein enorm Wütender (franz.: la rage = die Wut).

Rabatzmacher, franz.: rabattre le caquet à quelqu'un = jemandem den Mund stopfen. Und diese Gefahr geht von diesem Streitsüchtigen ständig aus. Fast immer setzt er sich mit Unruhe und Lärm in Szene.

Rabauke, dieser Rohling hat Ecken und Kanten und müßte mal geschliffen werden, damit er nicht mehr so oft aneckt.

Rackera, an der Grenze zum Masochismus plagt und schindet er sich in mühevoller und meistens schmutziger Arbeit. Zum Beispiel der Autor beim Erstellen dieses Buches.

Radaumacher, seine subjektive Lärmpegeltoleranz übersteigt deutlich die der Lebewesen in seiner nächsten Umgebung.

Raffer, seine Lieblingsdisziplin ist das gierige Zusammentragen. Erst an zweiter Stelle fragt er sich, ob er die Sache überhaupt gebrauchen kann. Abgeben will er aber auch nichts mehr.

Ramponierter, seelisch und körperlich Angeschlagener.

Ramscher, siehe *Raffer.*

Randalierer, dieser ausgeprägte Wesenszug wird besonders nach dem enthemmenden Konsum von Alkohol deutlich.

Rappeise, das rauhe harte Arbeitsgerät charakterisiert die Art dieses Weibes.

Retsch, hat ein *Retschmaul* zum besseren Verbreiten von Geheimnissen, Gerüchten und Halbwahrheiten.

Rilpes, legt rülpsisches, rüpelhaftes Benehmen an den Tag.

Roder, damit ist nicht ein Genosse und Anhänger von unserem Oskar gemeint, sondern einer, der unzweifelhaft durch seinen roten Haarschopf auffällt (*He, du, dei Hoar brenne!).* Laut Vorurteilen erkennt man ihn auch an den ausgebeulten, ständig mit Steinen vollgefüllten Hosentaschen, wenn er sich mit einer Mütze zu tarnen versucht.

Rotz-, ist bekannt als Nasenschleim. Mit *Rotznas* ist ein Mädel gemeint, dessen pubertäre Phase noch nicht abgeschlossen ist. Widersprüche und Zweifel an der Autorität älterer Generationen provozieren den Vergleich mit einem schnuddelnasigen Kleinkind. *Rotzleffel* wird analog für ein aufsässiges Jüngelchen gebraucht. Der *Rotzbeidel* ist schon aus der Pubertät und immer noch rotzig.

S

Säächer, das einzige, was er sät, ist seine Seiche.

Sabbler, sabbelt nicht beim Essen, sondern kleckert nur so mit unnötigen Worten herum; ein oraler Schmutzfink.

Sack, fauler ein Sack ist von Natur aus schon unbeweglich. Wie trägefaul muß dann erst dieser Nichtstuer sein!

Säckel, durchtriebener und rauher Kerl, der zuerst an seinen Geldbeutel denkt.

Saftaasch, zumindest ist er saftig — oder ist das ein Nachteil?

Sau, Saubär, Saubeidel, Saukerl, Sausack, Saustrolle, wie man sieht, ist diese Gattung variantenreich kreuzbar mit anderen Abarten. Aber warten Sie erst einmal ab, was die Genforschung noch so alles zustande bringt.

Saufkerl, Saufkuh, Saufkumpel, Sauflabbe, Saufnas, die Droge Alkohol hinterläßt hier ihre Spuren, und wehe dem, der schon so abhängig ist wie diese Vagabunden.

Schääler, das Schielen ist noch das wenigste. Er sieht wirklich greulich aus und strotzt auch nicht vor Klugheit.

Schaffer, Vorstufe von *Plotzer.*

Schänner, schimpft die Spatzen vom Dach und regt sich über weitere vergleichbare Kleinigkeiten auf.

Scheener, meint, er sei der Schönste im ganzen Land und kokettiert eitel herum.

Scheißer, kläner ist noch weniger wert als ein *großer Scheißer.* Nur weil sein Haufen kleiner ausfällt?

Scheißkerl, ist ein Charakterschwein.

Schell, ist eine laute Klingel, und so unüberhörbar klatscht dieses Weib.

Scherwel, die Wertigkeit dieser Frau entspricht einem Bruchstück (= Scherbel).

Schichteklobber, untergräbt das Engagement der Gewerkschaften auf Abeitszeitverkürzung. Er erspart sich den Nachhauseweg zwischen Früh- und Nachtschicht und bleibt auch für die Mittagsschicht.

Schiffer, ein Nichtseemann, der auch etwas mit Wasser zu tun hat.

Schisser, ist solange couragiert, bis die Hosen voll sind, nur sind sie bei ihm ziemlich schnell voll.

Schlabbeflicker, ein besonderer Spezie aus der Pfalz, der sich rühmt, Schuhe zu produzieren. Diese Kunst zweifelt der Saarländer an und geht davon aus, daß es sich nur um das Reparieren von Pantoffeln handeln könnte.

Schlabbschwanz, Willensstärke und Durchsetzungsvermögen sind ihm fremd. Er zieht einfach den Schwanz ein, und auch der Kamm schwillt ihm nicht.

Schlamp, unordentlich wäre geschmeichelt.

Schlauberjer, ein Besserwisser, der ins Fettnäpfchen tritt.

Schlauer, ein überkluger Trittbrettfahrer, gehört zur Familie der Schmarotzer.

Schlawiner, ist zur k. u. k.-Zeit von Slowene abgeleitet worden und meint einen unzuverlässigen *Luftikus*, der es aber glänzend versteht, sein Leben zu meistern.

Schleimschisser, ein Arschkriecher und Softi, der anderen Honig ums Maul schmiert.

Schlissellochguggersch, kein Voyerismus, sondern purer Vorwitz zeichnet diese Frau aus.

Schloot, die Beziehungsbrücke von Schlot oder Kamin zum Flegel oder Lümmel läßt sich auf den ersten Blick nicht erkennen. Aber mit Schlotebaron bezeichnete man abfällig einen Großindustriellen. Unser *Schloot* im Saarland benimmt sich willkürlich unverschämt, nur ohne das nötige Kleingeld.

Schlotterasch, starke Zitterbewegungen im Hinterteil sollen auf seinen fehlenden Mumm hinweisen.

Schlunz, versteht sich prächtig mit einer *Schlamp.*

Schluri, sein Rechtsempfinden steht im Einklang mit seinen Taten. Er hat also nie etwas Unrechtes getan, zumindest nicht in seinen subjektiven, sehr dehnbaren Weltanschauungen. Wird dabei ein anderer in Mitleidenschaft gezogen, so ist das höhere Gewalt.

Schmierlabbe, legt Katzenfreundlichkeit an den Tag, indem er sein Gummizuglächeln aufsetzt und seine Bauchpinselei beginnt.

Schmuselabbe, zieht den Mutterschoß vor, anstatt mit seinen Kameraden stromern zu gehen.

Schnadder, klappert und schnattert in einem Schwall.

Schnäker, hat eine allzugroße Vorliebe für Süßigkeiten und macht niemals seinen Teller leer.

Schnall, die weidmännische Bezeichnung der Schnalle für Geschlechtsteil bei Füchsin und Wölfin war Ursprung für die im übertragenen Sinne gemeinte Hure. Im Saarland ist eher eine aufgrund ihrer Überreife nicht mehr körperlich begehrte Frau gemeint.

Schnapsnas, dem reicht unser Karlsberg nicht mehr aus. Er stieg auf härtere Sachen um, und das ist eindeutig an seiner meistens rotgeschwollenen Nase zu erkennen.

Schnawwelschniß, redet, wie ihm der Schnabel gewachsen ist, ohne Rücksicht auf Verluste.

Schnepp, die Bedeutung von Schnepfe als Dirne geht immer mehr im Saarland verloren. Nicht der allzuoft wechselnde Partner ist Ursache für die Beschimpfung, sondern durch die radikal um sich greifende Emanzipation wird dieses Wort mehr und mehr für ein schnippisches, aufmüpfiges *Luder* gebraucht.

Schnippisches, kurz angebundenes, unfreundlich auf eine Anmache reagierendes weibliches Wesen.

Schnorrer, perfektioniert das ökonomische Prinzip, indem er sich unentgeltlich das Output Dritter verschafft.

Schnuddelschniß, bemerkt es nicht oder hat sich bereits daran gewöhnt, daß ihm der *Schnuddel* (= Rotz der Nase) schon am Mund vorbeiläuft. Ansonsten ist er auch kein Reinlichkeitsfanatiker.

Schnuutezieher, dem sieht man direkt an, daß er beleidigt und eingeschnappt ist.

Schookes, erregt Anstoß und schockiert etwas mit seiner mißfallenden Art (französisch: choquant = anstößig, unfein, auffällig).

Schroohes, mißfällt durch ihr derbes Aussehen.

Schrull, Launenhaftigkeit ist ihr Markenzeichen.

Schummler, harmloserer *Fuddler.*

Schussel, die Erde besteht für ihn aus Glatteis, und durch sein fahriges, leichtsinniges Verhalten, haut es ihn öfters hin.

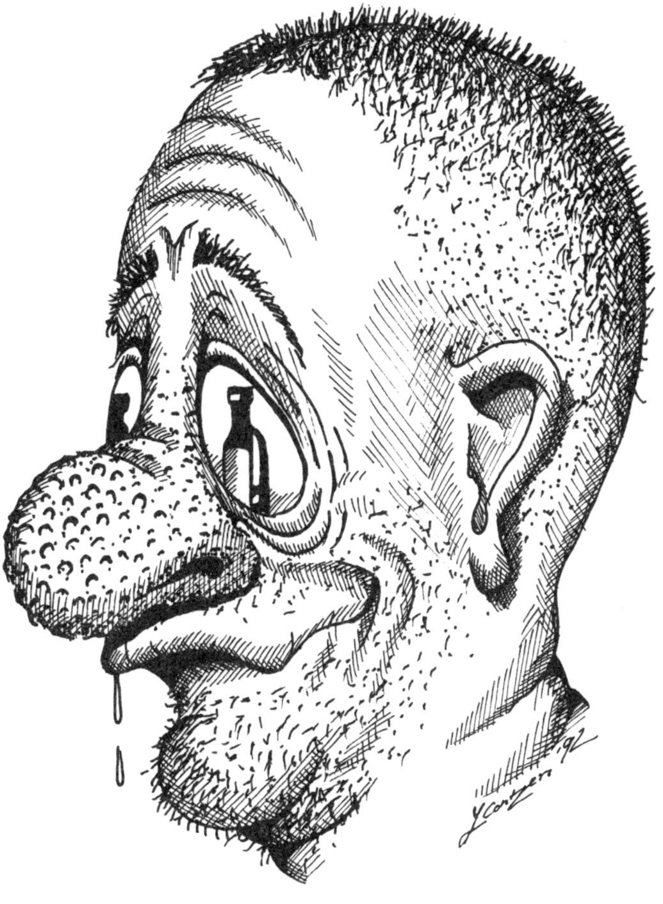

Schnapsnas

Schwadroner, zieht umher wie die frühere Reitereinheit. Sein Pferd hat er aber sicherlich im Pfandhaus versetzt.

Schwaduddler, hat anscheinend viel zuviel *geduddelt* (= Alkohol konsumiert), so daß er nur noch Geschwafel zum besten gibt.

Schwätzer, der schafft das obige auch ohne Alkohol.

Schweinsdreiwer, steht dem *Striezer* in nichts nach.

Sesselpupser, diesen Ausdruck gab es schon, bevor unser Oskar im öffentlichen Dienst die Bestrebungen der Gewerkschaften zur 35-Stunden-Woche mit der Gleitzeit in der Mittagspause verrechnen wollte. Das verursachte den Betroffenen noch mehr Blähungen.

Sießholzraschpler, *der kann jo so scheen schwätze. Der schwätzt genauso, wie du's hann monscht. – Brauch er eigentlich noch dei Rasemäher?*

Spanner, ist gespannt wie ein Flitzebogen auf die nächste Szene im gegenüberliegenden Schlafzimmer.

Spienzer, empfindliche Natur. Ißt Kartoffeln so, als wenn Gräten drin wären.

Spierenzjemacher, muckt auf und macht Schau, um wieder einmal im Mittelpunkt des Geschehens zu stehen.

Spitzkligger, ist spitzfindig bis überschlau und findet in jeder Suppe ein Haar.

Sprischklobber, hält kontinuierlich weniger ein als das, was er verspricht. Aber darauf kann man sich verlassen.

Spunt, junger meistens begeistert, aber nicht fähig, mit gutem Willen, aber ohne Erfolg.

Stacksischer, noch nicht ganz flügge, stakt er ungelenk herum.

Stänkerer, stiftet zuerst Unruhe durch provozierende, stichelnde Bemerkungen, um danach seine Streitsucht zu befriedrigen.

Stecher, hat kein Messer dabei, aber kommt bei jeder Frau gleich zur Sache.

Stibitzer, stiehlt geistiges Eigentum. Tritt verstärkt in der Schule während der Klausurzeit auf und kann sogar um die Ecke schauen.

Stiftegeher, eigentlich nichts Verwerfliches, wenn man abhaut, bevor die Keilerei beginnt. Aber dieser Spezie verschwindet auch, wenn es heißt, Verantwortung zu tragen, anzupacken und Zivilcourage zu zeigen.

Stinkstiwwel, sagt nichts über den Geruch seiner Stiefel aus. Vielmehr soll assoziiert werden, wie unangenehm er ist.

Stippler, versteht sein Handwerk im Aufwiegeln. Er ist prädestiniert, dem *Stänkerer* zuzuarbeiten.

Stocheler, zeichnet sich aus, indem er geschickt den Nerv trifft und beharrlich drauf rumreitet, bis man mehr als nur die Geduld verliert.

Stoffel, sturer und unfreundlicher *Eigenbrödler.*

Stracker, kommt einem Steifftier in der Beweglichkeit am ähnlichsten. Die Ursache ist die Faulheit und Trägheit als geistige Grundeinstellung.

Strawweler, der saarländische Sisyphus: egal, wie er sich anstrengt, seine Bemühungen sind immer nutzlos.

Striezer, hat die sadistische Eigenschaft, gerade das von anderen zu verlangen, was er sich selbst niemals zumuten würde.

Strolles, ein haltloser und ungezogener Bengel.

Strolsch, Herumtreiber mit nicht nur edlen Absichten.

Stromer, *stromert* oft entlang von Strömen und nächtigt unter Strombrücken.

Struddler, wirbelt eine übereilte Handlung nach der anderen wie ein Strudel durcheinander.

Strunnzer, ist schlampig und müßig zugleich.

Stußschwätzer, manchmal sagt man: »Vor Inbetriebnahme des Mundwerks Gehirn einschalten!« Leider findet man aber bei diesem Zeitgenossen keinen Schalter.

Suddelarsch, fällt besonders durch seine Eßkultur auf. Sein Tischplatzareal gleicht einem Schweinestall.

Suffkopp, erkennt man an der leicht nach hinten in den Nacken fallenden Kopfhaltung. Allzeit bereit für optimale Flüssigkeitsaufnahme.

T

Tappes, gehört zu der Gattung der *Trampeldiere.*

Tendler, würde im Fußballspiel im Zeitlupentempo hin und her trippeln, bis er den Ball verloren hat.

Toabert, hat anscheinend einmal einen Tobsuchtanfall gehabt und ist seitdem geistig nicht mehr ganz auf der Höhe.

Toabischer, ist ein Tolpatsch, der zwei linke Hände hat und daher handwerklich ungeschickt agiert.

Traatschtante, auch Männer können so bezeichnet werden, wenn sie Geheimnisse ausplaudern — dann wirkt diese Diskriminierung um so härter.

Trabant, nicht mit einem Trabi zu verwechseln, auch kein tschechischer Leibwächter, obwohl dieser genauso auf Schritt und Tritt einem Kopf folgt. Es trifft für diesen Mitläufer der Spruch zu: »Mit gegangen, mit gefangen, mit gehangen!« Allein schon deswegen sollten sich diese Hohlköpfe überlegen, wem sie da hörig nachlaufen.

Traktierer, behandelt und bewirtet seine Mitmenschen auf eine eigentümliche und befremdende Weise, die man nicht ein zweites Mal genießen möchte.

Trampeldier, ein echtes Kamel.

Träne, ein Versager. Muß das ein chaotischer Urlaub werden, wenn eine *Träne* auf Reisen geht ...

Traumtänzer, die Schlösser in seiner Phantasie werden immer größer.

Treiwer, treibt es entweder toll mit Frauen oder treibt und peitscht seine Untergebenen bis zur Leistungsgrenze.

Tripsdrilljе, altbacken, langweilig, eben nicht der Trendsetter.

Troddel, trottelt nicht wie der *Trödler,* tolpatscht eher wie ein Depp.

Trödler, ist der Gewinner unter den Zeitverplemperern.

Truckesputzer, *versucht, mit de große Hunde zu pisse und kritt bei de Kläne noch nit es Bän hoch!* Seine finanzielle Lage ist bescheiden, obwohl er nach außen nicht den Eindruck erwecken möchte. Es herrscht Ebbe in der Kasse, so daß sogar sein Mund trocken ist.

Trutschel, aufgrund ihres Körperumfangs ist sie schwerfällig, aber geistig kann sie schon einmal verblüffen.

Tuttler, saugt nicht an einem Gummilutsch für kleine Kinder (Bedeutungsursprung), sondern stottert wie ein Erstkläßler beim Vorlesen.

Tuut, ist meistens so dumm wie eine Papiertüte.

U

Uffdringlischer, hat einen anderen Definitionsbereich von Intimsphäre, und seine Eigenschaft ist entscheidendes Einstellungskriterium für einen Reporter.

Uffgedackelter, er ist ›overdressed‹, hat in der Kleiderkiste seinen Kommunionsanzug wiedergefunden und meint, es wäre das richtige Outfit für die legere Gartenparty.

Ufflehner, ein *Revelutzer.* Ordnet sich nicht dem Parteiendiktat unter. Wird fast wie ein Verräter der eigenen Reihen angesehen.

Uffmucker, zeigt Ansätze von Zivilcourage und wagt es, die Autorität anzuzweifeln. Er muß wieder zurechtgestutzt werden.

Uffmüpfischer, die Steigerung von *Uffmucker.* Aus dem vereinzelten Aufbegehren wird ein intervallmäßiges Nörgeln und Kritisieren.

Uffstibbler, sieht den Akt des Aufwiegelns als Ganzes, als Projekt an. Es gilt, taktisch klug eine Angelegenheit einem anderen zu vermitteln. Er ist der Drahtzieher im Hintergrund einer Revolution.

Unneedischer, es ist ganz egal, ob er da ist oder nicht, und deswegen wäre es besser, wenn er nicht da ist. Er ist einfach unnötig wie ein Kropf.

Uuzer, hänselt, aber gretelt nicht. (Was für ein blödes Wortspiel. Okay, ich schäme mich.)

Uwweraschmacher, schafft es in kürzester Zeit, überall, wo er auftaucht, Chaos zu hinterlassen. (franz.: l' ouvrage = Arbeit, Werk).

V

Vaäbler, siehe *Äbbler.*

Vaascher, die Vorsilbe *va-* (=ver-) deutet meistens an, daß jemand einem anderen mit einer Untat schaden möchte. Hier wird jemand übel reingelegt.

Vadadderter, wurde mit einer plötzlich auftretenden Situation konfrontiert und ist deswegen noch irritiert, was sein Gesichtsausdruck auch verrät.

Vadummbeidler, hält andere für dumm und möchte daraus Kapital schlagen.

Vakehrter, nicht ehrlich, verleugnet scheinheilig seine wahren Absichten. Unabhängig davon wird auch ein Homosexueller so bezeichnet.

Vakimmler, im Gegensatz zum *Kiwweler* (siehe dort) behält er bei all seinen Schlägereien die Oberhand und übersteht sie ohne eigenen Schaden.

Vakohler, wenn man mit Kohle eingerieben wird, ist man schwarz. Dieser Gesell schwärzt seine Mitmenschen an. Er ist ein harmloser Verleumder, der andere verulken möchte.

Vamurkser, besonders für andere führt er Dinge schlecht aus und verdirbt auch gekonnt Überraschungseffekte und Pointen.

Vapetzer, siehe *Petzer.*

Vapisser, für jede Kleinigkeit macht er sich vor Angst ins Hemd, daher macht er sich auch schnell dünn.

Vaplemperer, vergeudet unnötig Zeit und Geld.

Vaschlunzer, verliert Sachen zwar nicht richtig, kann sie aber auch nicht auffinden.

Vaschwader, verprügelt anscheinend solange, bis man nur noch Nebelschwaden vor den Augen siehst.

Vochelscheich, eine Vogelscheuche steht auf dem Feld, um Vögel von der Saat abzuhalten. Das Aussehen dieser Frau schreckt aber nur vor ihr selbst ab.

Vorwitznas, schnüffelt besonders gern in fremden Angelegenheiten.

Vorwitztuut, auf eine Überraschungstüte ist man so neugierig, wie diese Person im generellen ist.

W

Wackes, ist die verächtliche Bezeichnung für einen Lothringer. Sogar manche Franzosen behaupten, das richtige Frankreich beginne erst westlich von Metz.

Wasserkopp, kommt aufgrund des Wassers bei Denkleistungen oft ins Schwimmen.

Watz, borstig unangenehmer Eber.

Wedderhex, eine nicht zu bändigende Frau, die einem sooft einen Strich durch die Rechnung macht wie das Wetter.

Weibsbild, ein Vorurteil über das weibliche Geschlecht wird wieder einmal durch diese Peson bestätigt, ein typisches Bild einer Frau.

Wermutsbruder, ein Leidensgenosse, der wie ein Bruder den Wermut oder andere Spirituosen auf der Parkbank mit dir teilt.

Wiedischer, ist am zornroten Kopf zu erkennen.

Wirschtsche, armseliges Würstchen. Kann mit unserem Lyoner nicht konkurrieren.

Wombe, ein Vamp; wäre die ideale Anführerin der Amazonen.

Worres, nicht so intelligent wie ein Professor, aber so verwirrt.

Wurschtler, planloses Agieren zeichnet ihn aus.

Wutzebacke, ein Ferkel, bei dem nicht nur die Backen schmuddelig sind.

Wuuler, idealer Einzelkämpfer bei Sommer- und Winterschlußverkauf. Auch an Sperrmüll- und Flohmarkttagen gerngesehener Gast.

X

X-bänisches, hat zuviel Marmelade als Kind gegessen, so daß die Beine kraftlos in Kniehöhe zusammenstehen. Sie haßt deswegen die Minimode.

X-beliewischer, eine Null, wertlos und austauschbar.

Y

Yachtmacher, baut keine Privatyacht, sondern hetzt wie auf der Jagd und versucht, alle aufzuscheuchen.

Yogibär, einfältige Comicfigur, mit der man es machen kann.

Yoyo, läßt sich willenlos auf und ab lenken, wie die Rolle des gleichnamigen Spieles an der Schnur. Oder läßt sich an der Nase herumführen, wie der Leser, der vom Autor weisgemacht bekommt, daß das *Jojo*-Spiel und der *Jachtmachter* mit ›Y‹ geschrieben werden. Aber *Yogibär* hätte sich sonst zu einsam gefühlt.

Z

Zabbelphilipp, ein Hampelmann, wie er im Buche steht.

Zänkersch, die Schwester vom *Zänkert*, und mit diesen beiden Streitsüchtigen sollte man besser den Weg nicht kreuzen.

Zeck, so unangenehm wie das gleichnamige blutsaugende Milbentier sitzt sie dir auf der Pelle.

Zoddlischer, von seinem ungepflegten Äußeren schließt man auf seinen Charakter. Er hat es dann schwer, wieder aus dieser Schublade herauszukommen.

Zugezohner, wagte es, sich in fremden Revieren anzusiedeln. Er ist zugezogen und wird zuerst einmal beschnuppert.

Zwitschera, ein Gelegenheitssäufer. Er muß aber nicht unbedingt zwitschern wie ein Vogel, wenn er genug intus hat.

Zwiwwela, treibt anderen die Tränen in die Augen, aber nicht, wie es die Zwiebel macht, sondern mit faustfesten Argumenten.

Ich will hoffen, daß Ihnen jetzt auch die Tränen in den Augen stehen, aber vor Rührung über die Vielfalt der saarländischen Schimpfwörterkultur.

Zoddlischer

Ob isch nit noch e paar Werter mee kenn, hat de Verleher gemennt und wollt' e Nachschlag hann.

Der is joh e bisje *blemm blemm,*
mennt wohl, ich sei sei *gudda Bub,*
rutsch ma de *Buckel runner,*
uff de *Deetz* kannschte was grien,
donnerlitsche, donnerkeil no mol, was du
nit alles von mir moonscht,
am beschte gätscht de *gedachtelt genn,*
hat der *Flauze* im Kopp,
isch wäß aach nit, woher er den *Fimmel* hat,
mach desweje nit so vill *Gezoares,*
was soll das *Gewäsch,*
isch glab, dei *Gewwel* sitzt schief,
hätt' besser sei *Gosch gehall,*
will hann, daß isch *gräzisch genn,*
fang nit gleich an se *greische,*
der hat joh e *Hau weg,*
heb mich mo *hinnerum,*
Himmel, Aasch und Zwirn,
mit demm hann ich nur *Huddel,*
Hunnsfurze kannschte grien,
du bisch joh *näwe da Kapp,*
un e bisje *meschugge,*
den muß ma mo zur *Räsong bringe,*
So äner bischte also,
isch hann doch kä Luscht, misch *zu vergradelle,*
. . . . .
Vielen Dank, verehrter Herr Autor,
Zensur findet bei uns prinzipiell nicht statt,
aber das Buch ist nun mal hier zu Ende, und
deshalb müssen die weiteren Nettigkeiten leider
entfallen.

P. S.:
Passende Antworten finden sich auf der nächsten Seite.

Schimpfwörterbücher

Nicht nur im Saarland wird geknoddert!

Auch in den anderen Regionen der Bundesrepublik wird *geplärrt, gemotzt, gebläkt, genörgelt* und *rumgemuckt.* Und das nicht zu knapp.

Überall gibt es herrliche Ausdrücke zum therapeutisch wertvollen Frustabbau. Mit Tausenden von Schimpfwörtern wird in dieser Buchreihe eine humorvolle »Schimpfologie« Deutschlands erstellt. Die Begriffe sind mit nicht immer ganz so ernst zu nehmenden Erklärungen versehen und mit Zeichnungen, teilweise von dem Comic- und Cartoonzeichner Lars Contzen, illustriert.

Bereits erschienen sind:

Das Hessische Schimpfwörterbuch
Das Fränkische Schimpfwörterbuch
Das Sächsische Schimpfwörterbuch
Das Hamburger Schimpfwörterbuch
Das Bayerische Schimpfwörterbuch
Das Rheinische Schimpfwörterbuch
Das Ruhrgebiet Schimpfwörterbuch
Das Märkische Schimpfwörterbuch
Das Schwäbische Schimpfwörterbuch
Das Friesische Schimpfwörterbuch
Das Pfälzische Schimpfwörterbuch

Weitere sind in Vorbereitung.
Jeweils 80 Seiten, mit zahlreichen Abbildungen versehen, im Buchhandel für DM 9,80 erhältlich.

Das Szene Schimpfwörterbuch
von Werner G. Lengenfelder
mit Zeichnungen von Lars Contzen
80 Seiten, Broschur, DM 9,80

Das *merkwördige* Wörterbuch
von Helmut Opitz
mit Zeichnungen von Lars Contzen
80 Seiten, Broschur, DM 9,80

Heiteres Überlebenstraining für Fahrradfahrer
von Christina Zacker
mit Zeichnungen von Michael Bohne
80 Seiten, Broschur, DM 11,80

Quatsch
von Erich »Ernie« Schoepe
80 Seiten, Broschur, DM 12,00

Contzens Urlaubsratgeber Sommer
80 gezeichnete unglaubliche Seiten,
gebunden, DM 19,80

Zager, Zedorn
Roman von Klaus Göddert
148 Seiten, engl. Broschur, DM 19,80

Prospekt schickt gerne

vmn

Verlag Michaela Naumann

Eicher Strasse 4 · 6369 Nidderau 2
Tel. 06187/22122 · Fax 06187/24902